25 anys 1986-2011
edicions
bromera

EL MICALET DE POR

TÍTOLS PUBLICATS

1. *L'hivernacle del terror.* Jenny Nimmo / David Roberts
2. *L'herència maleïda.* Jan Mark / David Roberts
3. *Els espectres de la nit.* K. M. Peyton / David Wyatt
4. *Una mà freda en la boira.* Alan Monroe-Finch / Enric Climent
5. *Els fantasmes de Bloody Hill.* Tim Wilson / Escletxa
6. *Malsons.* Anne Fine / Jordi Peidró
7. *El rellotge mecànic.* Philip Pullman / Peter Bailey
8. *El fantasma de la Mansió Lunenburg.* Eric Wilson / Nacho Molina
9. *El nigromant.* Tim Wilson / Oriol Malet

Títol original: *Long Lost*
© *Jan Mark, 2002*
Traducció: *Joan Carles Girbés, 2006*
© Dibuixos: *David Roberts, 2002*
Disseny de la col·lecció: *Enric Solbes*
© Dibuix de la coberta: *Tony Ross*
© *Edicions Bromera, Polígon Industrial 1 - 46600 Alzira*
www.bromera.com
Impressió: *Romanyà - Valls*

1a edició: *novembre, 2006*
2a edició: *octubre, 2011*
ISBN: *978-84-9824-163-1*
DL: *B-36595-2011*

FOTOCOPIAR LLIBRES NO ÉS LEGAL

PAPER ECOLÒGIC TCF LLIURE DE CLOR

LLIBRE AMIC DELS BOSCOS

CRISTINA VIDAL SOTO

L'herència maleïda

Jan Mark

Traducció: J C Girbés

Dibuixos: David Roberts

edicions
bromera

Capítol 1

Estava fosc a la part alta i en penombra a mitjan de camí, on l'escala feia un revolt, doblegant-se com un ganxo. Al menjador de baix la llàntia cremava a mig gas per estalviar, i la que hi havia al replà encara cremava menys. Cap llum arribava al centre d'aquell espai, la corba del ganxo, ni a la porta tancada de l'habitació, que no utilitzaven des de feia temps a causa de la humitat.

La porta estava més fonda que la paret, com en una mena de nínxol, tènue durant el dia i completament fosc a la nit, una foscor sòlida i impenetrable que semblava capaç d'eixir del nínxol i saltar sobre qualsevol que passara per a enganxar-se-li i seguir-lo cap amunt o cap avall.

Hi havia tretze escalons en el primer tram i set en el segon. George havia trobat una forma de creuar l'obscuritat: pujava corrent, s'agarrava al pal de la barana, botava des de l'escaló número dotze i girava ràpidament cap a dalt sense posar el peu al replà. Estava convençut que durant aquells dos segons en què volava a 50 quilòmetres per hora com a mínim –tan ràpid com un tren– res no el podia atrapar.

–No ets un poc majoret per a això, George? –li preguntava sa mare des de la saleta, alarmada pels colps de l'enlairament i l'aterratge. Quan baixava corria més ràpid encara i era més sorollós.

Però si tinguera una llanterna... Un dia, llegint el *Periòdic dels Xics,* George va trobar un article, amb gràfics, que parlava de l'heliografia, una forma d'enviar missatges utilitzant espills i la llum del sol. No entrava el sol a la saleta, però, experimentant amb un tros de vidre i la llàntia de gas al peu de l'escala, va descobrir que podia enviar rajos de llum dins del nínxol: dalt, baix, d'una part a l'altra. No hi havia res. Continuava passant tan ràpid com podia, però sempre es deia: «No hi ha res, ho he vist jo mateix».

Tot això va ocórrer abans de conéixer Bertram.

–El fet que no veges res –li diria Bertram amb un somriure despreocupat– no vol dir que no hi haja res en realitat.

Però la primera vesprada que George va posar a prova el seu sistema heliogràfic, Bertram Bassett-Milne quedava encara llunyà.

George era mig orfe. Però només mig. Per molt malament que arribaren a posar-se les coses –i sovint es posaven molt malament–, George s'aferrava a aquella meitat. Tots els orfes eren pobres, ànimes en pena que arribaven d'un lloc especial: l'orfenat. George i Elsie encara tenien sa mare. El seu pare havia mort feia tant de temps que George quasi no podia recordar-lo. Hi havia fotografies damunt del piano d'un home que semblava agradable, amb una barba ben retallada i un divertit bigot, però George era tan menut quan el pare va morir que tot el que podia recordar eren unes botes brillants i un abric fosc; no la cara que hi devia haver dalt, ni tampoc la barba.

Elsie, que era major, sí que el recordava, però no li agradava parlar del pare, i la mare encara plorava algunes vegades quan se'n feia menció. Per això George havia aprés a evitar el tema. Elsie havia estudiat música, i somiava entrar un dia en l'Acadèmia Reial, però aleshores no tenien prou diners i s'havia de guanyar la vida: ensenyava música en una escola de xiques.

–Sóc una mala mestra –va dir, furiosa–, però no importa. Un bon mestre estaria desaprofitat amb aquelles petites bèsties ineptes.

–No totes deuen ser ineptes, no? –va dir George. Ell només coneixia l'escola gràcies als llibres i al *Periòdic dels Xics*, i pensava que devia ser un lloc sempre emocionant.

–Oh, ja ho crec que sí! –el tallà Elsie–. Ineptes i estúpides. Només van a La Masia perquè cap altre lloc les acceptaria. I cap altre lloc em contractaria a mi per ensenyar.

A George li donava classe el sacerdot. Elsie va rebutjar ensenyar-lo, i George n'estava agraït.

En realitat, Elsie no volia treballar. Trobava a faltar els concerts i les vesprades al teatre, els balls i les festes, els passejos en barca i les partides de tenis sobre herba que havia imaginat que gaudiria quan fóra gran. Aquells desitjos van desaparéixer en morir el pare. George ni tan sols havia tingut mai l'oportunitat d'imaginar res. És clar que tampoc esperava que les coses canviarien.

Elsie estava a casa quan la carta va arribar. Era algun escrit oficial dins d'un sobre llarg, i el carter havia hagut de trucar a la porta perquè era massa gran per a introduir-lo a la bústia i massa dur per a doblegar-lo. George li'l va portar a la mare a la taula on es desdejunaven, i es va quedar per veure com l'obria.

La mare va mirar el sobre atentament per davant i per darrere, massa nerviosa per a obrir-lo. Havia rebut abans cartes com aquella, dels advocats, i mai havien dut bones notícies.

Al final, Elsie s'acostà a la taula i la va prendre amb cura de les mans tremoloses de la mare.

–Deixa'm a mi –va dir amb valentia, i va clavar l'obricartes sota la solapa. Aleshores, amb el mateix atreviment i impaciència amb què ho feia tot, va traure el paper doblegat que hi havia a dins, el va desplegar i el començà a llegir en silenci. Si contenia males notícies volia saber-ho de seguida.

George i la mare la contemplaven agafats de la mà. Elsie anava obrint els ulls més i més, amb la boca oberta, el rostre ara pàl·lid ara enrogit.

–Què és? –va dir la mare desesperada–. Què passa?

Elsie no podia parlar. Va passar la carta a l'altra banda de la taula i George, llegint per damunt dels muscles de la mare, s'assabentà del que ocorria.

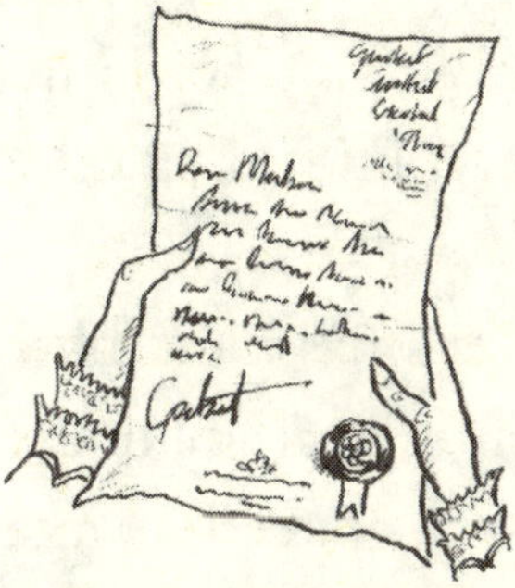

La carta provenia d'un bufet d'advocats: Garbutt, Garbutt, Garbutt i Troon. Li escrivien per dir-li que, lamentablement, el general de brigada, Sir Gervase Bassett-Milnc, Bart., havia mort a Jamaica feia sis mesos, i que la mare era una de les seues hereves i beneficiàries. El senyor Garbutt –un dels senyors Garbutt– confiava poder mantenir una reunió amb ella tan prompte com li fóra possible.

–Què és una hereva i beneficiària? –volgué saber George.

–Significa que ens han deixat alguna cosa en herència –digué Elsie–. El pare devia ser-ne l'hereu. Supose que, ara que és mort, la mare és la beneficiària. Bé, «una de les hereves i beneficiàries», diu la carta. Segur que n'hi deu haver dotzenes i que ens toquen quatre cèntims i un llit d'aquells enormes de ferro forjat.

–Sir Gervase Bassett-Milne *Bart*?

–Vol dir Baronet –contestà la mare.

–És un aristòcrata?

Qui anava a pensar que ells tindrien un aristòcrata en la família.

–Més o menys –replicà Elsie–, però no un dels bons. Res comparat a un comte o a un marqués.

George havia llegit no feia massa un llibre titulat *El petit aristòcrata*, en el qual un xiquet americà, orfe de pare, descobria que seria comte quan es fera major. És això el que li succeïria a ell?

–Ni parlar-ne! –exclamà Elsie–. Nosaltres segurament serem cosins prims, de cinquena generació com a mínim. Siga com siga, ells són Bassett-Milne. Nosaltres només Bassett.

La mare va anar a Londres dos dies després per reunir-se amb els senyors Garbutt i Troon. Va agafar l'autobús per anar a l'estació, però tornà en un carruatge i amb una caixa de galetes per al te.

–Ostres! –exclamà Elsie, escodrinyant a través de les cortines–. Ací s'acaba la nostra herència. L'ha malgastada tota en dolços de rics.

Però aquesta vegada Elsie s'equivocava. Sir Gervase havia sigut un besoncle del pare a qui havia perdut la pista feia molt de temps. Aquest parent llunyà se les havia arreglades per a barallar-se amb tots i cadascun dels membres de la seua família excepte amb el pare i l'avi, els quals havien mort abans que Sir Gervase tinguera ganes de barallar-se amb ells. A poc a poc, li havia dit el senyor Garbutt a la mare, Sir Gervase havia esborrat els noms dels seus familiars, un rere l'altre, del seu testament, fins que només en van quedar tres o quatre. Un d'ells era el pare.

–Però com pot heretar res si està mort? –preguntà George.

–Nosaltres som els seus hereus i beneficiaris –respongué la mare–. Ens correspon la seua part perquè ell m'ho va llegar tot a mi.

Els tres pensaren alhora que realment els havia llegat ben poca cosa.

–I què passa amb el títol? –preguntà Elsie–. No em digues que el nostre Georgiet es convertirà en Sir George, el noranta-cinqué baronet. No m'ho puc creure!

–No sigues vulgar –digué la mare–. Estic segura que a les teues alumnes no els parles així.

–No davant seu –replicà Elsie.

–Sir Gervase no podia escollir a qui anava a parar el títol. Li correspon al seu nét, Sir Gilbert Bassett-Milne. Ell és el vuité baronet, Elsie.

–I ha heretat també diners Sir Gilbert, o és un dels que estaven barallats? –s'interessà Elsie.

–Això no ho vaig preguntar –va dir la mare–. Hauria estat poc delicat.

–No ho crec –respongué Elsie.

George només podia pensar en una cosa:

–Quants diners ens ha deixat?

La mare va contestar lentament: «Vint mil lliures». I, per una vegada, fins i tot Elsie es va quedar sense paraules.

Aquella vesprada es van asseure en la saleta i parlaren sobre com anaven a canviar les seues vides. De fet, ja havien començat a fer canvis. Elsie havia llançat sense por un munt de carbó a la xemeneia i allò havia bramat de calor, quan sempre deixaven que es consumira lentament mentre s'hi apinyaven al voltant, tremolant de fred.

–Vindran els obrers? –preguntà George.

Els obrers havien sigut un somni durant anys, quasi un mite, com el pare Noel o les fades. Ara podrien reparar la teulada, canviar les finestres, posar fi a les humitats de l'habitació de l'escala...

–Ens podrem mudar –va dir Elsie–. Una casa decent, per fi!

–No hauràs de tornar a La Masia a l'abril –digué George.

–No, en compte d'això miraré d'obrir una Acadèmia, eh, mare? I George pot anar a l'escola. Quina sort, George! A quina escola l'enviarem? Heton? Harrow? A la del carrer del Gas?

–Abans de fer res d'això he de veure els nostres cosins i demanar consell sobre inversions. Mireu com sona: «inversions» –va dir la mare–. Si el vostre pobre pare...

–Jo crec que ens hauríem de mudar –va insistir Elsie–. Tan prompte com siga possible. Descobrirem de sobte un fum de parents llunyans.

O, pitjor encara, els parents llunyans descobriran la nostra fortuna.

–No sigues ridícula, preciosa –va dir la mare–. No farem res encara.

Però aquella nit apujà el gas en el menjador i en el replà. Tota l'escala estava il·luminada de dalt a baix i no hi havia ombres al voltant de la porta de la corba del ganxo.

George pujà a la seua habitació pensant «Serem rics».

–Rics no, però viurem sense privacions. Si invertisc bé –havia dit la mare.

George no podia veure la diferència, però s'adonà del que havia volgut dir Elsie sobre els parents llunyans. Es referia a tota aquella gent que els havia deixat sols, abandonats a la seua sort mentre passaven penúries després de la mort del pare, que només havia deixat deutes.

Ara tots voldrien tornar a saber d'ells.

Capítol 2

Començaren a arribar moltes cartes felicitant la mare per la seua meravellosa fortuna i suggerint-li delicadament el *bé* que podria fer amb aquells diners.

–La caritat comença a casa –va dir Elsie a George, ja que sabia com n'era, de bondadosa, la mare. Per això va voler encarregar-se ella de contestar la correspondència.

–Tu no tens temps per a ocupar-te'n –li va suggerir.

Elsie recollia el correu cada matí i passava una hora en la seua habitació escrivint respostes diplomàtiques però implacables. S'havia comprat una ploma nova preciosa i uns fulls de paper molt bo per a aquella tasca.

–Precisament perquè sóc despietada no puc ser tacanya –digué Elsie amb elegància, i va seure al piano per cantar una cançó que havia compost ella mateixa:

Elsie Bassett
val un dineral,
ploma d'or
i cor de metall.

Un dia va arribar una intrigant carta que duia gravat, en relleu, un escut d'armes. Elsie va sorprendre George fent-li una ullada al sobre, que havia deixat damunt la consola de l'entradeta mentre separava les cartes que pensava que sa mare sí que podia llegir.

–Creus que deu ser de Bart? –preguntà George–. Ell no ens demanarà diners.

–Jo no estaria tan segura –va dir Elsie–. Si només ha heretat el títol deu estar més pelat que nosaltres fins fa poc. Em jugue el que vulgues que té un castell amb corrents d'aire i una cambra plena d'antics servents.

–Què són antics servents?

–Criats que han estat al servei de la família des que era un xiquet i que continuen dient-li Amo Gilbert encara que li hagen crescut els pèls blancs de la barba fins als genolls: lacais d'edat avançada, majordoms en decadència, la seua vella mainadera... Les bones famílies sempre tenen una vella mainadera.

Tot el que podia recordar George era alguna cuinera ocasional, i de vegades ni tan sols això, només una xica que els ajudava amb la neteja.

–Per això –continuà Elsie, amb malícia– haurà posat els seus ulls en les vint mil lliures de la mare. De segur que és un desvergonyit que s'aprofita de vídues i orfes. Nosaltres dos haurem de mantenir-nos molt ferms amb ella, Georgiet.

La carta era, en efecte, del baronet, Sir Gilbert Bassett-Milne. Com la resta dels remitents, donava l'enhorabona a la mare, però afirmava que en realitat escrivia per comunicar-li que estaven molt contents de descobrir familiars nous, especialment perquè els seus dos fills tenien més o menys la mateixa edat que els d'ella, i que què els semblava si els anaven a fer una visita? Vivien a Hern House, en Chertsey.

–Un tipus intel·ligent –remugà Elsie–. Estic segura que haurà demanat en préstec una bona quantitat de diners per al cap de setmana, només per enganyar-nos. Anem alerta amb els aprofitats.

Però fins i tot Elsie va haver d'admetre que Sir Gilbert semblava molt normal i amigable.

–Siga com siga, no ha fet cap referència al seu títol ni als nostres diners –va reconéixer, i per això va permetre que la mare li agafara la seua nova ploma estilogràfica amb la punta d'or i un dels seus fulls de paper especial cremós per a escriure una resposta a Sir Gilbert, però la va fer practicar primer en el revers d'una de les cartes mendicants–. Aquest paper cremós costa una fortuna –va advertir.

Cinc dies després van agafar el tren a Chertsey.

–Vindran a recollir-nos a l'estació? –preguntà George. Que els reberen uns aristòcrates seria un excel·lent inici del cap de setmana. Ell havia passat més de mitja vida agafant l'autobús o caminant.

–En un automòbil robat amb un xofer fals –puntualitzà Elsie, que anava perfecta amb el seu vestit nou i el barret. Molts cavallers s'havien girat a mirar-la en l'estació Waterloo.

–No eren cavallers –replicà Elsie–. Els cavallers haurien fet una senzilla reverència amb el capell i haurien continuat el seu camí amb elegància.

–I què eren, doncs?

–Oficinistes! –digué amb to despectiu.

A l'exterior de l'estació de Chertsey hi havia un carruatge tirat per un poni amb una dona asseguda a dins i un xiquet alerta amb un gos de raça alt, daurat i preciós. Tan prompte com el xiquet els va veure cridà «Estan allà», i corregué cap a ells mentre la dona baixava del carruatge i el gos botava d'alegria.

–Jo sóc Frederick Bassett-Milne –es va presentar el xiquet. Va alçar la gorra a la mare i a Elsie i li va fer l'ullet a George–. Aquest és Sabre, el nostre

fidel gos caçador, i aquesta és ma mare, baixa, Sabre!, ma mare: Lady Lil. Com estan vostés?

–Estalvia't aquesta part, Fred –el recriminà sa mare–. No li ho tingueu en compte –va afegir–, cap de nosaltres ha fet ús del títol encara, excepte Bertie, i ell sempre s'ha comportat com si fóra el Marqués del Potet de totes maneres. Tu deus ser Mary Bassett, i Elsie... George. Encantada de conéixer-vos.

Tots estaven somrient i estrenyent mans, fins i tot Elsie. Lady Lil l'havia captivada des del principi. I també a George. Ell descobriria més tard que tots havien coincidit en això, però ara estaven pujant al carruatge mentre Fred els carregava les maletes.

–Jo conduiré –va dir–. George, posa't ací davant de peus, amb mi.

George va pujar d'un bot, es va posar al costat de Fred i el poni va començar a allunyar-los de l'estació. No era la classe d'animal que George esperava que criara un baronet, però potser tenia pura races àrabs als estables. D'altra banda, Sabre, que botava al seu costat, semblava un gos molt noble, amb aquella crinera de lleó i el perfil romà.

Mentre George es preguntava com s'havia d'adreçar a un membre de l'aristocràcia, Fred va resoldre el problema parlant-li de pressa, igual que a qualsevol altre.

–... i ma mare diu que si haguera sabut que tindria el títol de *lady* mai no s'hauria posat Lily de nom.

–Per què s'hagué de posar un nom? –preguntà George–. És que no en tenia?

–Lily de Lysle, el seu nom artístic. El seu autèntic nom és Doris Edicott però, en realitat, Doris no hauria sonat massa bé per a una actriu, tot i que Lady Doris sí que sona bé, però hauria d'haver sigut una duquessa. Ja saps, un duc li va proposar matrimoni cinc vegades, dos en Hyde Park, una en la porta d'entrada d'artistes, una en la regata Henley i una en la seua mansió ducal, però ella el va rebutjar. La duquessa Doris, això hauria estat bé. Però el pare només era un simple artista. Ell no li va dir que hi havia un baronet en la família, no fóra cas que el rebutjara.

–Ta mare era actriu? –George no havia vist mai abans cap actriu, ni al teatre ni enlloc, però pensava que serien dones atrevides i amb les cares pintades. Potser Sir Gilbert era un actor de veritat i tot allò no era més que un diabòlic engany, tal com Elsie havia sospitat... o havia fingit que sospitava.

–I tant! –exclamà Fred amb alegria–. És per això que Sir Gervase va deixar el pare sense un cèntim, per casar-se amb ella i per convertir-se en un pintor en compte d'entrar en l'exèrcit i guiar els seus homes cap a la glòria. «Fora, i mai tornes a posar els peus en ma casa!» Però ningú podia impedir-li que heretara el títol. No anem rere els vostres diners –va afegir ràpidament, tot roig, i George també es va ruboritzar per culpa d'Elsie. Com havien pogut pensar això d'aquella gent encantadora? Una actriu i un artista com a pares... quina sort tenia Fred!

George havia imaginat que la casa d'un baronet seria enorme, amb torres i merlets, envoltada d'un fossat i fins i tot amb un pont llevadís. Però aquella casa no era molt alta, estava feta de rajoles roges i tenia teules plenes de molsa. Estava situada en un jardí llarg, amb arbres a la part posterior i un pendent cobert de gespa, tan gran com un prat, envoltant els altres costats. Fred conduí el carruatge fins a la porta de davant, i tan prompte com baixaren tots, un home aparegué en les escales.

Quan el van veure, la mare i Elsie es van parar en sec, astorades. George el va mirar fixament. Sir Gilbert Bassett-Milne era alt i ros. Tenia una barba ben retallada i un divertit bigot.

A penes veure'l, George va notar com una fiblada al cervell. Juraria que havia notat l'agulla penetrant-hi, i al final va reconéixer la cara que pensava que mai recordaria. No hi havia cap dubte: Sir Gilbert era idèntic a son pare, era realment parent seu. I George es va sentir enormement feliç de sobte, en pensar que aquell home tan simpàtic, i Fred, i l'encantadora Lady Lil, eren part de la seua família.

–Abans de res, berenarem –va dir el baronet mentre encaixava mans i somreia–. Vinga, baixeu tots i a menjar.

On estaven els antics servents? Van prendre el te en un jardí envoltat de falgueres que hi havia a la part de darrere de la casa. Una xica va traure la vaixella, però no hi havia ni rastre dels criats que esperava veure.

–Teniu majordom? –li va xiuxiuejar a Fred. Lady Lil el va sentir.

–Hauríem d'haver contractat un majordom –va dir– per demostrar que tenim diners. –Es va

girar cap al baronet:– He hagut d'escoltar bocabadada durant el trajecte des de l'estació com el nostre fill revelava l'espantosa llegenda familiar i explicava que no teníem previst quedar-nos amb l'herència de Mary.

Veient Lady Lil durant el te, George podia entendre que devia haver sigut una actriu molt bona. No perquè estiguera actuant en aquell moment, simulant ser qui no era, sinó perquè sabia com fer passar a tots una bona estona, només estant allà, amb una veu que et seduïa quan parlava i que, quan callava, et feia desitjar que tornara a parlar.

Durant tot el berenar, Sabre havia estat corrent amunt i avall, galopant com un pura sang, aturant-se de tant en tant per acostar-se amb sigil i prendre un pastís. A ningú li importava. Ningú semblava preocupat per res.

–Ara, a propòsit del sopar... –va dir Sir Gilbert abans que aquella xica s'haguera endut la safata del te–. Ens acompanyen uns bons amics, però tots són persones molt grans, de més de vint-i-un anys. George, Fred, voleu passar la vesprada escoltant avorrits comentaris d'adults o preferiu anar a la vostra i esplaiar-vos en l'habitació dels jocs? No, tanca la boca, Fred. George és el convidat, deixa'l que trie.

George sabia molt bé el que anava a dir Fred, i per això va respondre per ell:

–Anar a la nostra i jugar, per favor, Sir Gilbert.

–Oh, estalvia't el «Sir» –va dir el baronet–. Ningú hauria d'anomenar-se «Sir» abans dels cinquanta, excepte que siga un Cavaller de la Taula Redona.

–Què farà Bertie? –va preguntar Fred.

George havia oblidat per complet Bertie, que devia ser l'altre fill de Sir Gilbert, el germà de Fred, a qui sa mare mateixa havia anomenat el Marqués del Potet. Però Sir Gilbert havia escrit: «Els meus fills tenen més o menys la mateixa edat que els teus». Bé, Fred tenia la seua edat, per tant...

–De segur que Bertie triarà escoltar avorrits comentaris d'adults –va dir Lady Lil.

En aquell precís instant el sol es va amagar, durant un segon o dos, rere un petit núvol.

D'entre els arbres va aparéixer una fina silueta que s'acostava cap a ells passejant sobre l'herba.

–Bé –va dir Sir Gilbert–, Bertie ja està ací.

Capítol 3

–Què passa? –va dir Bertie lànguidament en entrar. En compte d'encaixar mans va fer una reverència a la mare i a Elsie. A Fred i a George ni els va mirar.

El sol havia tornat a aparéixer i els ocells cantaven, però en aquella part del jardí semblava com si hi haguera una petita zona gelada, i un ambient grisenc va envoltar la celebració i va apagar fins i tot la llum que desprenia Lady Lil.

–Vols prendre el te, Bertie? –va dir ella, acostant-li la tassa i el platet que li havien guardat.

–No, no prendré el te, gràcies, mare –va dir fredament, com si parlara amb un estrany.

–Un pastisset? –Sir Gilbert li oferí el plat.

–No, moltes gràcies.

Tots semblaven comportar-se amb la millor correcció possible en presència de Bertie; també els seus pares. Havia acabat per complet la conversació, només pel fet d'estar ell davant. Ara parlaven més baixet, esperant que s'asseguera o, millor encara, va pensar George, que se'n tornara a anar.

George li va fer una ullada amb cautela, per si de cas Bertie es girava de sobte i s'adonava que l'estava mirant.

Bertie era alt i ros, com el seu pare, com el pare de George, però encara que Bertie no tenia barba, George podia veure que no se'ls assemblava en res més. A Sir Gilbert i a l'home de la fotografia sobre el piano de casa se'ls feien els ulls petits i els eixien arrugues quan somrei-en. Els ulls de Bertie eren grans i redons i estranyament plans, com els que hi ha pintats en un quadre. Havia somrigut una vegada, quan feia la reverència a la

mare, però aquell somriure no s'havia reflectit a la mirada.

Quina edat tenia? Sir Gilbert havia insinuat que tenia l'edat d'Elsie. Semblava més jove que la seua germana, a qui la boca i el nas se li havien quedat fins i punxeguts per a desgrat seu, però es comportava com si fóra molt major. George no podia imaginar Bertie cridant «No m'ho puc creure!» com ho havia fet Elsie.

–Us heu acabat el pinso? –va preguntar, abaixant la vista cap a George i Fred–. Us els prendré de les mans durant un instant –li va dir a sa mare–. Veniu amb mi, criatures.

«Qui ets tu per a dir-nos criatures?», va pensar George. Ningú volia deixar-los en les seues mans, però tampoc semblava que cap dels presents volguera discutir amb Bertie.

–He dit que vingueu amb mi –va ordenar Bertie–. Farem un recorregut per aquesta casa pairal. És hora que conegues els teus avantpassats, jove Bassett.

George havia desitjat explorar la casa i el jardí amb Fred. Estava segur que Fred volia fer-li una volta en acabar el te. No tenia molt clar què pretenia Bertie, però estava content perquè els acompanyava Fred.

Havia vist només una petita part de la casa quan l'havien travessada de camí al jardí. L'havia trobat molt acollidora, tot i que cap casa li resultava tan acollidora com la seua, però no li havia semblat que fóra el tipus de lloc que necessitara una visita guiada.

–L'heu heretada de Sir Gervase? –li va preguntar a Fred, però va ser Bertie qui li contestà:

–Pertany a la família des de fa generacions –va dir Bertie, deixant entendre que els Bassett-Milne no necessitaven herències ni parents llunyans. Els va conduir a través del saló i va allargar la mà per tancar una porta que estava entreoberta. George tingué el temps just d'albirar una habitació gran i amb molta llum que entrava per unes finestres altes i sense cortines.

–Què hi ha ací dins? –va preguntar abans d'adonar-se que Bertie havia tancat la porta perquè no volia que George veiera el que hi havia darrere.

–L'estudi del pare –va respondre Fred–. És on pinta.

–Quin tipus de coses pinta?

–El tipus de quadres que li agrada a la gent –va dir Bertie. «La gent», evidentment, no incloïa Bertie.

–Puc veure'ls?

–M'atreviria a assegurar que ell mateix te'ls ensenyarà molt prompte –va dir Bertie, com si els quadres foren un secret vergonyós que la família tractara d'ocultar.

Hi havia altres portes, però George no va gosar preguntar què contenien, ja que Bertie feia que passara de llarg agafant-lo amb fermesa del revers del coll de la camisa amb els dits índex i polze. George no estava acostumat a ser arrossegat d'aquella manera.

–Ei, Bertie... –va intentar deslliurar-se'n, però Bertie simplement li va soltar el coll per a agafar-li l'orella amb un pessic dolorós.

–Tu m'has de dir Bertram –li va dir clavant-li la mirada amb els seus ulls inexpressius i poc amistosos–. Només els meus amics i la família em diuen Bertie.

–Però jo sóc família teua –va contestar George.

–Sí? –va dir Bertie–. N'estàs segur? Et diré una cosa, jove Bassett: desitjaràs no ser-ho. –Es va girar de sobte.– Fred, neteja les meues botes de criquet. I mira de fer-ho com toca aquesta vegada.

–D'acord, Bertie –va respondre Fred mansament.

–Jo aniré a ajudar-te –va dir George, però la mà de Bertie estava una altra vegada sobre els seus muscles.

–No, tu no –li va dir–. T'he d'ensenyar una cosa. Tu i Fred podeu turmentar-nos més tard.

Fred va desaparéixer rere una porta coberta amb tela verda que hi havia a l'altra banda del saló. Bertie va conduir George cap a l'escala. Era ampla i curta, feta amb fusta polida, molt diferent dels trams de casa amb la corba del ganxo al mig i el nínxol fosc.

El replà recorria bona part de la casa i no tenia finestres, però Bertie va encendre un interruptor que hi havia dalt de les escales i tot el corredor es va il·luminar com si el sol haguera entrat. Hern House tenia llum elèctrica!

–Açò és el que hem heretat –va dir Bertie–. Si hi ha alguna cosa que va amb el títol, és aquesta.

Al llarg d'una de les parets hi havia una filera de quadres amb marcs gruixuts que George pensava que eren d'or massís fins que s'hi va acostar. Els quadres eren retrats. El primer li recordà el *Cavaller somrient*, el dibuix que tenien a casa i que a ell sempre li havia agradat perquè el cavaller tenia el mateix bigot divertit que el de la fotografia del pare sobre el piano. I ara ací el podia veure de nou, en un home gran, ros i somrient amb un barret negre amb plomes i moltes puntes al voltant del coll.

–Sir Andrew Bassett –anuncià Bertie–. El primer baronet. I aquesta és la seua esposa, Lady Margery.

Els baronets Bassett i les seues esposes cobrien tot el corredor: Sir William i Lady Eleanor, Sir Humphrey i Lady Susan, Sir Robert i Lady Isabella. A partir d'ací ja eren Bassett-Milne: Sir Richard i Lady Jane, Sir James i Lady Caroline, Sir Gervase –que aparentava ser tan rondinaire com l'havia imaginat George– i Lady Agatha, que semblava com si haguera hagut de suportar molt.

–Qui vindrà després? –va preguntar George–. Després de Sir Gilbert, vull dir.

–Jo –va respondre Bertie–. Sir Bertram, el nové baronet. –George va recordar el que Lady Lil havia dit: «Bertie sempre s'ha comportat com si fóra el Marqués del Potet».

–Sir Gervase era el teu avi? –va preguntar George. Hi havia tants avantpassats que estava perdut. I ser un Bassett-Milne era més important que ser un simple Bassett?

–El meu besavi –va dir Bertie.

–Què va ocórrer amb el seu fill?

–L'Ombra dels Bassett –va dir Bertie tot abaixant la veu–. Ni una sola vegada, des que la baronia va ser instaurada el 1661, hi ha hagut un fill primogènit viu per heretar el títol.

–Què els passa?

–Ells són... aombrats –va respondre Bertie–. Mentre són joves són estúpids i despreocupats, com la resta de xiquets, però quan es fan homes sorgeix una ombra que els acompanya sempre allà on van. I penetra en els seus cors. I aleshores els roba l'ànima i desapareix.

Havien arribat a les escales una altra vegada, i amb aquelles paraules Bertie va apagar l'interruptor de la llum, submergint el replà en una penombra esborronadora.

–Moren en un estat de terror indescriptible.

Ara xiuxiuejava, i George havia d'esforçar-se per entendre el que deia.

–El teu pare era el primogènit? –va murmurar Bertie.

–Sí, però ell no era l'hereu del títol.

–Qualsevol primogènit pot ser l'hereu del títol –va dir Bertie amb propietat.

–Sí, però...

–Però?

–Va morir de febre.

–Ningú diu mai la veritat als xiquets –va dir Bertie.

–Ma mare no em mentiria –va respondre George.

–M'imagine que no volia ferir-te.

–No digues això! Ma mare no menteix mai.

–Jo no he dit que mentira –va dir Bertie, calmant-lo amb suavitat–. Però no és una cosa de la qual nosaltres acostumem a parlar, així és que no vages contant-ho als altres. Si jo fóra tu, mantindria la boca tancada –va continuar–. Vull dir que tu ets el primer fill mascle, no? El primogènit...

–I tu també –va respondre George bruscament–. T'ho estàs inventant tot només per tractar d'espantar-me.

–Oh, no! –va dir Bertie–. Jo no sóc el fill major.

–Aleshores tampoc seràs el nové baronet, no? Tot el que dius són mentides.

–Sí que ho seré –va presumir Bertie–. Jo seré el nové baronet i tu tindràs una ombra. Això és el que rebràs a canvi de ser un Bassett i un primogènit.

Ara Bertie no estava tocant George. Ja no hi havia res que poguera impedir que George fera mitja volta i que baixara les escales, però era com si els ulls pàl·lids i inexpressius de Bertie pogueren atrapar-lo ràpidament allà on anara.

–Tots tenim una ombra –va dir George–. No hi ha res estrany en les ombres.

–El fet que no veges res –li va respondre Bertie– no vol dir que no hi haja res en realitat.

Finalment li va apartar la mirada i George va córrer escales avall per trobar Fred, en la llum del sol, lluny de les ombres.

Capítol 4

Lady Lil tenia raó en el que havia dit sobre Bertie: s'havia vestit per sopar i s'havia reunit amb els adults a la planta baixa. Fred i George rondaven a la part de dalt per veure arribar els convidats, i des d'allà observaven com creuaven l'entradeta de camí al menjador.

La mare, encantadora i somrient, conversava de forma distesa amb Lady Lil. Elsie anava escortada per un dels convidats, i George estava convençut que devia ser un cavaller, no com els joves de l'estació de Waterloo. La felicitat d'Elsie semblava enlairar-se cap amunt de l'escala com l'aire càlid, i tota l'aspror havia desaparegut del seu rostre. En últim lloc arribà Bertie tot sol, com una glopada d'aire fred directe al bescoll.

L'habitació dels jocs de Fred era gran i estava desendreçada, plena a vessar de mobles antics i deteriorats que ja no es podien utilitzar a la planta baixa.

–Tot açò ja no serveix per a res i puc fer molt de soroll sense preocupar-me si trenque alguna cosa –li explicà Fred. George es preguntà si Bertie compartiria l'habitació amb Fred i hi pujaria a fer soroll. Segur que no.

Hi havia armaris baixos al llarg de les parets on Fred deixava els seus llibres i maquetes de màquines, vaixells i equipament de criquet, i hi

havia un reservat per a les pintures. George tenia una caixa d'aquarel·les amb dos pinzells quasi sense pèls i la majoria dels tubs de pintura espremuts per extraure'n fins a l'última gota de color. Fred tenia pinzells de pèl de marta i tubs d'olis i tot l'armari feia

una olor emocionant d'aiguarràs, com si fóra un encens exòtic. Hi havia piles de paper i quaderns d'esborranys a les prestatgeries, barres de carbonet i llapis, bolígrafs i pots de tinta, i fins i tot un parell de llenços recolzats a la part de darrere de l'armari.

–Tu també vols ser pintor, com Sir Gilbert? –preguntà George, acaronant amb dolçor la suavitat del pèl de marta. Ell només usava les pintures per acolorir dibuixos de les revistes quan plovia. Açò era molt més seriós.

–Jo vull ser jugador de criquet, però imagine que no em podré guanyar la vida amb això –li confessà Fred–. Com que el pare creu que li ho he promés, em deixa treballar amb ell. Escolta –Fred es ruboritzava amb facilitat, i es va posar tot roig quan li va dir:– mon pare m'ha demanat que et diga una cosa sobre... sobre, bé, m'ha dit que si continues anomenant-lo Sir Gilbert haurà d'eixir i matar un drac. Tots els seus amics l'anomenen Gib, com sempre han fet. Pots dir-li Oncle Gib. A ell li agradarà, perquè no ha sigut oncle mai.

–Creus que em deixarà veure les seues pintures? Puc veure les teues?

–Bé, no voldràs veure-les... –Fred es va ruboritzar de nou.

George sí que les volia veure, però imaginava que Fred tenia vergonya i per això no va insistir.

–Però pregunta-li-ho al pare al matí –continuà Fred–. Ell s'hauria oferit a ensenyar-te-les, però el preocupava que digueres que sí només per educació, i que després t'avorrira.

–No crec que Sir... bé, ton pare, l'oncle Gib, puga resultar avorrit mai. O ta mare. És molt alegre. Podria dir-li «tia»?

–No, millor Lady Lil. Ella pensa que és divertit, i per això tots li diuen així.

–D'acord, pense que sou de categoria –va dir George. Excepte Bertie, va afegir dins seu.

Bertie no era com la resta d'aquella meravellosa família. Però hi havia més coses en aquella família de les que George sabia. Per a començar, hi havia Sir Gervase. Segurament s'havia comportat com Bertie, desheretant familiars igual que Bertie semblava voler deixar George fora de la seua família. Devia ser veritat tota aquella història sobre els fills primogènits? George volia preguntar-li-ho a Fred, però no s'atrevia. Imaginem que és veritat. Bertie li havia dit que no era una cosa de la qual acostumaren a parlar. Resultaria molt desagradable que fóra cert i que tots s'enfadaren per haver-ho esmentat.

Van sopar sobre una catifa davant de la xemeneia, apagant els llums i imaginant que estaven asseguts en un campament enmig del bosc. Des d'allà es podia sentir el soroll de les converses que pujaven de la festa de la planta baixa, i sempre que esclatava una riallada, Fred exclamava «una bandada de lleons», o «l'elefant no està descansant». Una de les dones va fer una rialla sorollosa i estrident:

–És com el plor que fa l'astuta hiena per a caçar –va amollar George, i es va sentir molt orgullós del seu enginy en veure com Fred es rebolcava de riure.

La cambra de Fred s'obria a una part de l'habitació dels jocs, i George estava en la dels convidats, separats per una porta i a prop del replà.

–És una llàstima que no estiguen juntes les nostres habitacions –va dir Fred–. Podríem haver-nos enviat codis xifrats fent colpets a la paret. La pròxima vegada dormiràs amb mi. La mare va pensar que seria millor no posar-nos junts la primera vegada per si no congeniàvem.

George va lamentar que només es quedaria una nit, però Fred havia dit «la pròxima vegada». I tant que hi hauria una pròxima vegada!

–Qui dorm en l'habitació que hi ha entre les nostres? –va preguntar George quan ja eren al corredor, després que Fred li haguera mostrat on estava el bany.

–Bertie –respongué Fred, i ja no va ser necessari que hi afegira res més. Ningú voldria enviar codis xifrats colpejant a la paret de Bertie.

El bany també era de categoria, amb aigua calenta que brollava d'un meravellós guèiser que semblava com si anara a traspassar el sostre com un coet. Però quan George va obrir la porta per tornar a la seua habitació va trobar el corredor a les fosques, només il·luminat per una espelma parpellejant que lliscava cap a ell sostinguda per una mà invisible.

George estava acostumat a la llum de les espelmes. Ells n'havien utilitzat a casa temps enrere, sobretot quan devien la factura del gas. No li havien agradat mai perquè era senyal que anaven a ocórrer coses roïns, i això encara li agradava menys ara. La llum de l'espelma feia l'obscuritat més i més fosca, feia que les ombres canviaren de posició, i des d'algun lloc entre aquelles ombres una veu va dir:

–Està bé, jove Bassett. A dormir. Deus estar cansat després de l'ascensió.

La cara de Bertie, il·luminada des de baix, adoptava un aire desafiant sobre l'espelma, com una gàrgola.

–Ascensió? –preguntà George. Només podia pensar en el joc de muntanyisme al qual Fred i ell havien jugat després de sopar, ajuntant els sofàs per ascendir al cim Matterhorn amb unes forquetes llargues.

–No has sentit a parlar de l'«ascensió social»? –va dir Bertie–. Persones de famílies com la teua que tracten de guanyar-se la confiança de famílies com la meua. No pots comprar l'entrada al club de la gent respectable d'aquesta manera.

A George li van venir al cap moltes respostes a aquella provocació, perquè era obvi que les dues famílies es volien molt... excepte a Bertie. Però era un convidat en casa de Bertie, i per això no va dir res.

–T'has quedat mut? Molt intel·ligent –va dir Bertie–. Imagine que ja li deus haver amollat al jove Fred el que t'he dit sobre l'Ombra dels Bassett. Sembles un traïdor. Els de la teua estirp sempre ho són.

–No, no li he dit res –va respondre George–. Ho havia oblidat per complet.

I era veritat: Fred i ell havien passat la vesprada tan a gust que no hi havia hagut temps per a recordar els sinistres advertiments de Bertie.

–Si jo fóra tu no ho oblidaria –va replicar Bertie–. Vine amb mi, vull mostrar-te una cosa.

La flama va fer una llampada fumejant mentre flotava al llarg del corredor, recorrent els avantpassats de les pintures fins arribar al primer baronet. Bertie aproximà l'espelma al rostre de Sir Andrew.

–Ho veus? –preguntà Bertie.

–Si veig què?

–Rere seu.

Tot el fons del retrat estava borrós.

–Només és una pintura.

–Fixa't rere seu.

Era el parpelleig de l'espelma el que mostrava una ombra més fosca darrere de Sir Andrew o era alguna altra cosa...?

–L'Ombra –exclamà Bertie–. L'Ombra dels Bassett. L'artista la va veure i la va reflectir al quadre.

Una veu el va cridar des de baix:

–Bertie! Ja véns?

–Algun dia –li va dir Bertie– et revelaré com va arribar l'ombra a Sir Andrew, i per què persegueix els Bassett fins a l'actualitat.

Aleshores passà el candeler a les mans de George i marxà lleuger cap al menjador de baix.

–Dorm bé –li va cridar Bertie des del peu de l'escala.

Els avantpassats llançaven mirades obscenes i picaven l'ullet a la llum de l'espelma mentre George anava a les palpentes de camí a la seua habitació. Era una ombra el que hi havia a l'esquena de Sir Humphrey? I era també una ombra

el que emergia dels muscles de Sir Richard? O era només la forma en què havien estat retratats? No, segurament no tenien ombres. Ells no eren fills primogènits. Si hagueren sigut els fills majors no haurien viscut per convertir-se en baronets.

L'ombra de George, l'ombra d'un fill primogènit, el va seguir fins a la seua habitació i va travessar la paret fins que va encendre la llum i va apagar l'espelma. La seua habitació era menuda, quadrada i lluminosa sota la perilla elèctrica, però el problema amb la llum elèctrica, segons va descobrir, era que quan l'apagaves, desapareixia del tot. No la podies abaixar d'intensitat com les llànties de gas de casa, i d'aquesta manera l'habitació es quedava molt, molt fosca.

George va pensar a encendre l'espelma de nou, però l'espelma crearia ombres. En compte d'això, va fer una cova sota els llençols i s'hi va refugiar, tal com acostumava a fer quan era petit i tenia por de l'obscuritat.

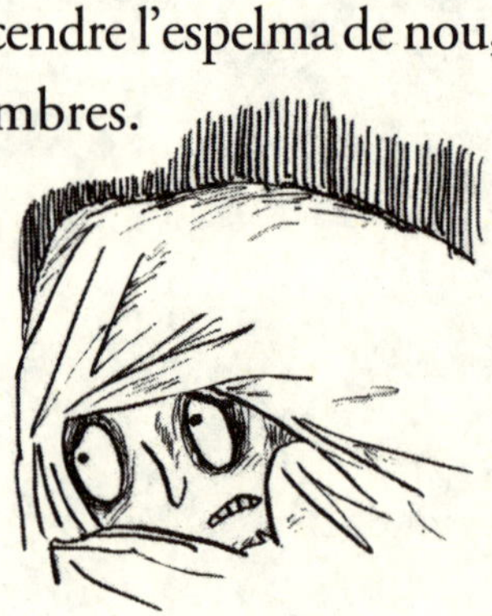

Havia sigut un dia meravellós, una vesprada meravellosa. Per què havia hagut d'arribar Bertie i espatllar-ho tot amb els seus contes d'hereus i ombres? Fóra com fóra, tot se n'havia anat en orris.

O no?

Per contra, va pensar, a Fred li agrade. Fred és el meu amic. Fred serà amic meu sempre.

Fred sembla que pensava el mateix. Els Bassett tornaven a casa després de dinar, però abans de res Fred va fer senyals a George perquè el seguira fins a un lloc tranquil a la part de darrere del jardí. Aleshores va traure un ganivet petit i elegant amb una empunyadura de banya d'animal i fulles plegables.

–Anem a fer un jurament –va dir, i amb la fulla més menuda es va fer un petit tall en el dit polze. Tot seguit li va passar el ganivet a George perquè fera el mateix, i van pressionar les ferides juntes–. Ara som germans de sang –va concloure Fred–. Vull dir que ja sé que només som tres quarts de cosí o alguna cosa així, però prometem ser germans de sang i jurem que sempre ens defensarem l'un a l'altre i que no ens abandonarem mai.

Van fer el jurament, solemne, i quan van acabar de parlar va sonar la veu de Bertie:

–Petites bèsties fastigoses.

Bertie els estava observant, molt a prop d'ells.

–Fred, la mare et busca –va dir–. Està en el saló... No, tu et quedaràs, jove Bassett. Tinc una cosa per a comentar-te, recordes?

Fred se'n va anar de mala gana, xuclant-se el dit polze. George volia xuclar-se el seu, que tenia adolorit, però no ho faria mentre Bertie el mirara.

–Passegem per la gespa –va dir Bertie.

Van caminar distanciant-se de la casa, i George va fer una ullada cap a les finestres de l'habitació on la mare, l'oncle Gib i Elsie i Lady Lil estaven bevent café. Algú el va saludar, ell va veure la mà, però no sabia de qui era. Li agradaria tant estar-se allà, amb Fred...

–De fet –Bertie parlava–, jo sóc el fill major ara, el fill més major, però no vaig ser el primer a nàixer. El pare i la mare van tenir un altre fill abans que arribara jo, però va morir quan era un nadó. Mai parlem d'això.

–Com es deia? –va preguntar George. Això va semblar que desconcertava Bertie. Va fer una pausa.

–Arthur –va respondre finalment–. Realment, quan dic que l'Ombra dels Bassett cau sobre el fill major hauria de dir sobre el primer que naix. Com la desena plaga d'Egipte.

–Què?

–No coneixes la teua bíblia, gripau ignorant? Quan el faraó no permetia que els fills d'Israel abandonaren Egipte, Déu va enviar deu plagues per colpejar-lo. I l'última, la pitjor de totes, la que va fer que el faraó canviara d'opinió, va ser la mort dels primogènits. De tots els primogènits.

–Ho recorde –va dir George–. No hi havia també una plaga de granotes? També els Bassett han sofert una plaga de granotes?

–Petita bèstia estúpida. –La cara de Bertie, plena de ràbia, estava de sobte a dos dits de la de George.– Pensa com deu ser viure tota la vida amb una ombra rere teu, assetjant-te, sabent que està tan a prop i preguntant-te quan atacarà. Pensa en això. Perquè molt prompte sabràs el que se sent.

Capítol 5

Després de dinar encara quedava el temps justet per a fer una cosa que complauria l'oncle Gib.

–Fred em va dir que em deixaries veure les teues pintures –va suggerir George–. M'agradaria moltíssim, si no t'importa.

–Em pensava que no m'ho demanaries mai! –va respondre l'oncle Gib, i el va acompanyar fins a l'estudi, que feia olor a aiguarràs, igual que l'armari de Fred.

Hi havia un quadre a mig acabar en un cavallet, tan a mitges que George no podia endevinar a què correspondria quan estiguera acabat. I molts més, penjats a la paret o recolzats a terra, tots plens de llum i moviment, ben al contrari que els retrats foscos del replà.

N'hi havia dos de Lady Lil i molts de Fred, tots fets a l'aire lliure i tocats per la llum del sol: Fred amb el poni, Fred amb Sabre, Fred amb la seua bicicleta... Ben a prop no s'hi veia amb nitidesa, però l'oncle Gib va demanar a George que s'hi posara a una certa distància, i aleshores sí que ho va poder veure tot ben clar, tan viu i brillant que podia jurar que Lady Lil li estava somrient, que la crinera daurada de Sabre ondulava amb la brisa i que les petites ombres que produïen les fulles es movien sobre la paret.

–Vaja, són fantàstics! –va exclamar George–. Tots.

No hi havia cap retrat de Bertie.

–La pròxima vegada que vingues posaràs per a mi –va proposar l'oncle Gib–. No et preocupes, mai faig que la gent estiga molt de temps asseguda, perquè si no semblen dissecats. Creus que Elsie em permetria pintar el seu retrat?

–I tant! Li encantaria –va respondre George–. Pintes a tot el món?

–A tots els que puc convéncer –va dir l'oncle Gib–. Excepte Bertie. A Bertie no li agrada el meu estil. Prefereix els prerafaelites.

–A qui?

–Cavallers ferits, donzelles assetjades, nóvies abandonades en mansions rodejades per fossats, amants que parteixen al capvespre i gent morint de tuberculosi.

George va pensar que sonava molt al gust de Bertie.

Abans d'anar-se'n, Lady Lil els va col·locar a tots arrenglerats a la porta de la casa per fer-los una fotografia. George es va posar al costat de sa mare. Durant un segon, just en el moment que Lady Lil va prémer el disparador, podria haver jurat que sentia una ombra freda a l'esquena, però quan es va girar només hi va trobar Bertie, plantat darrere seu.

–Molt bé –va dir Elsie quan ja estaven en el tren de retorn cap a Londres–, ha sigut genial. Quasi els preferisc a ells abans que els diners. És clar que dic això perquè els diners ja els tenim.

–No sigues vulgar –li va recriminar la mare.

–Vinga, no sigues victoriana –va replicar, però de seguida van riure perquè les dues havien passat molt bons moments.

–Els tornarem a veure prompte, no? –s'interessà George.

–Ja ho crec! –va respondre Elsie tan brusca com sempre.

–Què opines de Bertie? –li va preguntar George més tard, quan ja estaven a casa.

–De qui?

–Bertie... vull dir Bertram, el fill major.

–Un xiquet desagradable –contestà Elsie.

–Un xiquet? Em pensava que Sir... que l'oncle Gib havia dit que tenia la teua edat.

–Va dir «més o menys» la meua edat. Ell ho pressuposava, perquè aleshores no ens coneixia. Bertie només té catorze anys.

–Catorze? –La valoració que en feia Elsie no era d'un jove d'uns dèsset anys, sinó d'un «xiquet desagradable».– I per què desagradable?

–Per la manera en què es comportava creuries que ja era el nové baronet. No et vas fixar en el sopar, sempre badallant avorrit i amb tota aquella xerrameca? En deu anys s'haurà convertit en el més pallissa d'Anglaterra!

George es va sentir reconfortat pel menyspreu d'Elsie, però quan pujava a la seua habitació aquella vesprada es va sorprendre mirant nerviós aquell racó fosc de la corba de l'escala. La porta ja no estava tancada, perquè la mare l'havia reconvertida en l'habitació de cosir. Ara sabia el que hi havia a l'altra banda de la porta, però encara sentia la veu melosa de Bertie sobre els seus muscles quan pujava les escales.

–El fet que no veges res no vol dir que no hi haja res en realitat.

I uns dies després va arribar la fotografia, amb una nota de Lady Lil preguntant quan farien la pròxima visita, més llarga que la primera. Van posar la fotografia damunt del piano, al costat de les altres, i George la mirava sovint. L'oncle Gib estava assegut en el centre amb la mare a la seua dreta i Elsie a l'esquerra. Fred estava plantat al costat d'Elsie, George amb sa mare i darrere de George hi havia Bertie. Al principi, George pensava que Bertie

es devia haver mogut just en el moment de fer la fotografia, però George havia vist fotografies com aquella abans. Si la gent es movia, apareixia desdibuixada i borrosa, amb tots els trets moguts alhora. Però en aquest cas era com si algú hi haguera dibuixat una línia fina a un costat de Bertie, una línia fosca, com quan estàs a prop de la teua ombra davant d'una paret. Però no hi havia res darrere de Bertie, excepte la façana de la casa molts metres enllà, i en cap cas el sol no brillava en aquella direcció. George va concloure que devia ser un efecte òptic o una errada en la pel·lícula.

Una setmana després d'això, George va rebre una carta per a ell, amb només el seu nom al sobre. Era de Fred:

«Ho vam passar molt bé. La mare diu que podries vindre tu sol el cap de setmana abans de tornar a escola.»

Fred havia dibuixat la seua escola i una caricatura del director. O això esperava George, que fóra una caricatura. Realment els professors eren així? Fred tornaria a la seua escola, però George començaria en la seua, la Doctor Mason al carrer de l'Arc, la primera escola de la seua vida. No estava molt entusiasmat amb la idea, i per això li prometria a sa mare qualsevol cosa si el deixava anar a Hern House primer. La mare va somriure (somreia a tothora, aquells dies) i li va dir que per descomptat que podia anar-hi. Lady Lil també havia escrit, per fer oficial la invitació.

Hi va anar tot sol, amb tren, i va eixir corrent de l'estació perquè confiava trobar Fred esperant-lo amb el carruatge i el poni.

En efecte, hi va trobar el carruatge, però assegut al seient del conductor hi havia Bertie.

–Molt bé, jove Bassett –va dir Bertie, mirant-lo fixament des de dalt.

Xiquet desagradable. Només té catorze anys, es va dir George. Però catorze eren molts més anys dels que tenia George.

–On està Fred?

–Es va trencar el seu estúpid genoll, jugant com una criatura estúpida –va dir Bertie amb rancor–. Han de visitar el metge perquè li faça una ullada. Així que no podrà jugar amb tu a jocs de nens, jove Bassett. No importa –va afegir–, jo t'entretindré. Vinga, puja!

Es va inclinar com si anara a ajudar-lo a pujar, però quan George li va allargar la mà li va semblar que Bertie arrancava i agarrava amb ràbia el nores. Per això George es va esvarar i es va colpejar el genoll contra la roda.

–Quin és el problema?

Bertie es va fixar en algun punt sobre els muscles de George.

–És estrany –va dir.

–Què és estrany? –George va pujar amb cura, sense l'ajuda de Bertie.

–No estaves on pensava que estaries.

–Sí que estava allí.

–Hauria jurat... –Bertie va sacsejar el cap i es va refregar els ulls– ...alguna cosa rere teu. Potser fóra un efecte òptic. O potser era la teua ombra.

«Necessites que et revisen la vista», va pensar George, però no ho va dir. Anava a passar uns vint minuts amb Bertie de camí a Hern House.

En aquesta ocasió van ser menys de vint minuts. El poni no se sentia tranquil amb Bertie a les regnes. Bertie conduïa com si estiguera corrent amb un cotxe de quatre cavalls. Quan van veure entre els arbres la teulada de Hern House, Bertie va alentir la marxa.

–Ara escolta'm, jove Bassett –li va dir–, no et penses que no sé a què estàs jugant.

–No estic jugant –va respondre George.

–No només tu, la teua família. No sou com la gent que coneixem, així que no t'ho cregues. No et cregues que pots vindre ací quan et done la gana. No ets com nosaltres. No ho seràs mai. Cap de vosaltres no ho serà.

–No tens dret a dir això de ma mare. Lady Lil...

–No goses anomenar-la així –va grunyir Bertie–. I no li digues al meu pare «Oncle Gib». No és oncle teu.

–Bé, i com m'hauria d'adreçar a ells? –va demanar George.

Bertie no havia pensat en això, però abans que poguera respondre-li, l'oncle Gib en persona els va avançar amb la seua bicicleta, saludant-los i somrient, i amb Sabre fent cabrioles al seu costat.

–Pots anomenar-lo Sir, petit bandarra –li va dir entre dents–. I si sent que t'adreces a ma mare com a Lady Lil, et pegaré una pallissa que hauràs de tornar a Hornsey arrossegant-te.

Capítol 6

Fred estava en l'estudi, amb la cama sobre un tamboret.

–Un model fantàstic –va dir l'oncle Gib–. No pot fugir! Seu amb ell, George, i tindrem un retrat conjunt.

George es va col·locar en un tamboret al costat de Fred, i l'oncle Gib va desaparéixer rere el cavallet. Podien veure la seua mà esquerra amb el puny ple de barres de carbonet, i cada pocs minuts aguaitava el cap per una part del llenç en què treballava.

–Quina llàstima que estigues fet una carraca –va dir George.

–Quina llàstima per tu. Ara t'ensenyaré el riu. És meravellós pescar davall del pont. Confie que hi podré anar coixejant un poc després de dinar. I podrem anar a la glorieta.

–Tanca els llavis trenta segons, Fred, sigues bo –va dir l'oncle Gib.

–Però, pare, tu sempre dius que t'agrada capturar la llibertat de moviments.

–Però hi ha límits. La teua mandíbula va amunt i avall com una màquina trilladora.

George no podia imaginar què era una glorieta. Sonava com si fóra una mena de zoo, o algun tipus d'animal exòtic, però després de dinar, Fred, amb una vara retorçuda per tot suport, el duria per enmig de la gespa, sortejant els arbres, fins a una caseta d'estiu blanca tancada per enreixats.

–Per què es diu glorieta? –preguntà George.

–No ho sé. Potser perquè s'hi està en la glòria –respongué Fred.

Fred guardava provisions d'emergència en la glorieta: barres de xocolate i refrescs. S'hi estava bé, en aquella habitació blanca enreixada envoltada d'arbres, tot i que fora al jardí el vent bufava fort i les ombres dels núvols formaven zones fosques sobre la gespa i la casa. Però quan Bertie

va aparéixer no venia de la casa. Va sorgir, de sobte, en l'entrada.

Fred estava d'esquena a Bertie i no el va veure arribar. Estava contant una història sobre un partit de criquet a l'escola. George estava molt atent. Ben prompte, pensava, ell també estaria jugant al criquet a l'escola. Bé, potser no a la Doctor Mason, però prompte, quan fóra més gran i anara a l'institut Anderton, el centre en el qual va estudiar son pare, una cosa que tres mesos abans no havia ni somiat que poguera ocórrer.

–Para de fanfarronejar, Fred –va dir Bertie, i els dos es van sobresaltar–. La gent decent no... però tu no sabies res d'això, m'equivoque, jove Bassett?

Fred no comprenia a què s'estava referint Bertie, però George sí.

–On és el vostre amic? –preguntà Bertie.

–Quin amic? –Fred mirava al seu voltant.

–On se n'ha anat?

–No hi ha ningú més ací –va dir George.

–Segur? Quan venia hauria jurat que havia vist entre els arbres que éreu tres ací dins. –Bertie mirava davall dels bancs i per la part de darrere de la glorieta.– Resulta estrany... Estic convençut que hi havia tres persones, excepte que... –va mirar George– que fóra un efecte òptic.

–Potser una ombra –va dir Fred innocentment.

–Bé, sí, segur que era això. Una ombra. No creus, jove Bassett? Estava justetet darrere teu.

Bertie va fer mitja volta i va començar a caminar en direcció a la casa.

–Sempre diu les coses més estranyes –va dir Fred–. Mira, ací queda un poc de xocolate. El partim per la meitat?

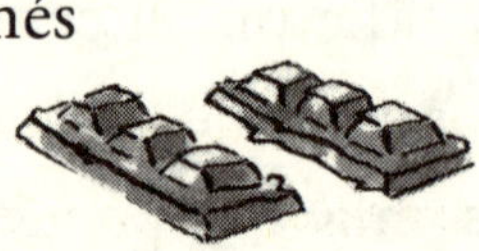

George mirava Bertie. Estava passant un núvol gegantesc, i encara que hi havia sol en els camps de l'altra banda de Hern House, cap raig arribava a tocar la gespa. George estava segur que Bertie projectava una ombra rere seu sobre el terra. Si no era una ombra, almenys sí alguna cosa obscura que anava on anava Bertie.

George volia preguntar «T'estimes el teu germà?», però segurament Fred se l'estimava, encara que no ho admetera en públic. També volia preguntar-li «Què saps sobre l'altre germà teu, Arthur, el que va morir abans que nasquéreu vosaltres?». Però Bertie havia dit que ells mai parlaven d'aquell tema, i podria ferir Fred amb la pregunta encara que ell i George foren germans de sang i que s'hagueren promés que sempre es defensarien l'un a l'altre i que no s'abandonarien mai.

Havia sigut idea de Fred. I a George li havia agradat molt que fóra així.

No van tornar a veure Bertie després d'allò, però a l'hora de sopar estava a taula. Com que no hi havia convidats adults, aquesta vegada els dos amics van menjar al pis de baix, amb l'oncle Gib i Lady Lil. Bertie es va asseure davant de George. Cada vegada que George mirava cap on seia Bertie, Bertie l'estava mirant a ell... bé, no exactament a ell...

Al principi el mirava a ell i de seguida apartava la vista, com si George no hi estiguera, o com si no meresquera la seua atenció. Però, més tard, es va adonar que Bertie començava a mirar-lo fixament, però no a ell, sinó a algun punt sobre el seu muscle esquerre. Estirava un poc el cap, com per veure millor, i aleshores parpellejava i sacsejava el cap. Ho feia amb molta subtilesa. Ningú semblava adonar-se'n.

I al final, Bertie mirava George directament als ulls i li somreia amb tristor.

Cada vegada George havia d'esforçar-se per no girar-se, però al final ho va fer i va veure el seu reflex en la finestra, i el reflex de Bertie guaitant-lo per darrere.

–Tens massa aire? –li va preguntar Lady Lil–. Fa bon estar per al mes d'abril, però tanca la finestra si vols.

–Aire... no –va respondre George, però de sobte es va notar gelat, i no a causa de la finestra oberta.

–Com t'estaves girant...

–És estrany –va dir Bertie baixet–. Com si hi haguera algú darrere teu.

Era Bertie qui li anava darrere més tard, quan estava al corredor en eixir del bany. Sabia que era Bertie fins i tot abans de veure'l, i va començar a caminar de pressa, però Bertie el va atrapar.

–Quina pressa tens, jove Bassett? –preguntà Bertie–. Espera un moment. T'he de dir una cosa, saps?

–Sempre estàs dient-me coses –va dir George. No li importava el que li diguera Bertie. Aquella nit compartia l'habitació amb Fred.

–És sobre Sir Andrew –continuà Bertie–. Te'n recordes?

Estaven al costat del retrat de Sir Andrew i de l'ombra de Sir Andrew. Per a ser un home condemnat, Sir Andrew semblava orgullós de si mateix.

–En essència, era un renegat –va dir Bertie–. No un noble, sinó un simple traïdor. Durant la Guerra Civil, quan els anglesos lluitaven contra els anglesos i els germans contra els germans, ell era capità de l'exèrcit de Cromwell, però espiava en secret per als monàrquics. Després que el rei Carles I fóra decapitat, va fugir i Cromwell el va maleir en el seu últim sospir. Quan Carles II va tornar de l'exili i va accedir al tron, va convertir el traïdor Andrew en baronet, però aleshores la maledicció el va atrapar.

–Quin tipus de maledicció?

–Que el seu pecat de traïció l'hauria d'acompanyar durant tota la vida, i al seu fill, i al fill del seu fill. Tots els primogènits amb el cognom Bassett.

–Però jo no sóc el primogènit –va dir George–. Elsie va nàixer primer.

–Les dones no compten –el va tallar Bertie–. Les dones no poden heretar títols nobiliaris. Les dones no poden ni tan sols votar. Tu ets el primer fill mascle, no és cert? No és cert? I tu ets un no-ningú, com ell. –Va clavar el dit en la pintura.– Tu ets un Bassett. Un no-ningú absolut.

–D'acord: tu també ets un Bassett –replicà George. Com més enfurit es mostrava Bertie, més calmat semblava sentir-se ell.

–Nosaltres som Bassett-Milne –va dir Bertie amb el puny tancat–. Els Milne van estar a les ordres de Sir Francis Drake. Els Milne lluitaren contra Wellington a Waterloo!

–En l'estació de Waterloo? –va contestar George, i es va escapolir per davall del braç de Bertie, va travessar el corredor i va entrar a l'habitació dels jocs, on l'estava esperant Fred.

Capítol 7

Després d'aquells dies, va passar un temps abans que tornaren a visitar Hern House de nou. George va començar les classes a la Doctor Mason amb un advertiment de la mare ressonant-li de forma permanent al cap:

–Rei, no li contes a ningú res d'herències ni de baronets en la família. És de molt mal gust presumir de parents.

–Tot el món sap que ara fa un any no teníem ni un cèntim –va ficar cullerada Elsie–. Així que mantín la boqueta tancada, Georgiet.

George no havia pensat presumir de parents, i li hauria agradat que la mare no ho haguera esmentat. Això seria com el que Bertie havia dit sobre comprar l'entrada al club de la gent respectable. Però va resultar que a l'escola ningú no parlava sobre els seus familiars. Amb prou feina hi havia qui admetia que tenia una mare.

De vegades arribaven cartes de Fred, la major part parlaven de criquet i d'algú anomenat Anstruther. «És el meu millor amic», havia escrit Fred, i aleshores, sense donar-li temps a George per sentir-se gelós, «Segur que tu també tens un millor amic a l'escola, tots en tenen un. Però nosaltres som germans de sang per sempre».

George va captar la indirecta i va començar a relacionar-se amb un xic atlètic anomenat Wilkes, perquè sabia que Fred tenia raó. Tenir un germà de sang era especial, però Fred estava molt lluny, i un home necessitava algú al seu costat per a defensar-se dels aprofitats i espietes com Robson, que es burlava de George.

–La teua germana ensenyava música a la meua. Per què va abandonar La Masia? Va haver de fugir? Hi va haver algun escàndol?

George i Wilkes van tenir unes paraules amb Robson de camí a casa, sota el pont del ferrocarril.

Un dia, l'oncle Gib i Lady Lil van anar a prendre el te després de visitar uns amics artistes a Camden Town. En aquella època, a la mare li encantava tenir gent per prendre el te. Totes les habitacions estaven acabades de pintar, hi havia cortines noves en cada finestra i catifes noves en el menjador i l'entradeta.

–Tenim ordres de Fred –li va dir Lady Lil a George–. Ens ha demanat que estigues preparat i a l'espera per quan torne a casa per a les vacances, però ens agradaria que fóreu bons xics i que aguantàreu un dia o dos, de manera que com a mínim el poguérem veure un poquet abans que els dos desaparegueu pel cim de l'Himàlaia o pel desert del Kalahari.

Però el dia que George havia d'haver tornat a Hern House va arribar un telegrama. Els telegrames quasi sempre significaven males notícies. La gent tenia pànic dels petits sobres grocs, però eren el mitjà més ràpid per a estar en contacte si no tenies telèfon, i en aquella època no hi havia molta gent que en tinguera. Ni tan sols el vuité baronet, tot i que l'oncle Gib havia comentat la possibilitat d'instal·lar-ne un si mai notava que els seus amics començaren a oblidar-se d'ell.

–Fred ha vingut de l'escola amb pallola –li va comunicar la mare quan li van dur el telegrama per obrir-lo–. Tres setmanes de quarantena. Quina mala sort.

Fred va enviar una carta uns pocs dies després amb un «Des del llit de mort» escrit a la part de darrere, la qual cosa significava que s'estava recuperant, tot i que el sobre va haver de passar pel forn calent abans que George fóra autoritzat per obrir-lo. Així s'asseguraven que no hi quedaren gèrmens de la pallola.

Les notícies de Fred van deixar George més abatut del que ja estava. «Bertie se n'ha anat de creuer amb uns companys de classe», havia escrit, «així que estic completament sol ací. Quina ràbia!». Fred, com era habitual en ell, havia afegit dibuixos als marges de la carta. George s'adonava que Fred era un vertader artista, però aquesta vegada no el van animar massa, ni tan sols un en el qual es veia Bertie caient de la seua barca al llac Iffley, a Oxford.

Hern House sense Bertie fent la guitza devia ser com el cel. Durant el trimestre, George quasi s'havia oblidat de Bertie, sobretot ara que la casa estava tan ben il·luminada i que a l'estiu es feia fosc tan tard. Però, així i tot, mai havia oblidat del tot allò de l'ombra. No l'ombra que abans l'aguaitava a l'escala, sinó l'altra de què l'havia advertit Bertie.

No li ocorria mai a l'escola, perquè allà no tenia temps per a res, però sovint tenia la impressió que hi havia alguna cosa rere seu. Necessitava mirar per damunt dels muscles amb freqüència i, de vegades, sense cap motiu aparent, notava com se li eriçaven els pelets del bescoll i una sensació esgarrifosa el recorria esquena avall. Es despertava a mitja nit cada vegada segur d'haver escoltat algun xiuxiueig tènue en alguna part de l'habitació. Mai arribava a veure res, però ja li havia advertit Bertie: «El fet que

no veges res no vol dir que no hi haja res en realitat».

Elsie havia fet amics nous i passava molt de temps fora de casa. Havia començat a estudiar música una altra vegada, i anava a concerts i al teatre. Abans, George sabia que per la nit la germana estava a l'altra banda de la paret. Però ara no podia estar-ne segur, i ja era massa gran per a dir: «No vull anar a dormir abans que torne Elsie».

En qualsevol cas, dir això seria com admetre que creia en l'ombra que l'assetjava disposta a atacar-lo per tots els primogènits que havien dut el cognom Bassett. A la llum del dia, George estava quasi segur que si una ombra l'atrapava seria el pensament del mateix Bertie, amb els seus ulls freds i inexpressius i el seu menyspreu distant. Sols pensar en Bertie era prou per a posar els cabells de punta.

Al remat hi va arribar una altra carta de Hern House. Fred ja s'havia recuperat. Va anar amb l'oncle Gib a recollir George i tots tres se'n van tornar cap a Chertsey junts.

I quan hi van arribar, Bertie ja havia tornat de les vacances; Bertie, qui pensava que George no era prou bo per a formar part de la seua família i que faria qualsevol cosa per espantar-lo i allunyar-lo. Aleshores George va recordar tot allò de l'ombra de nou. Va recordar que ell era un fill primogènit.

A l'hora de sopar estava content de veure que no li havia tocat davant de Bertie, però ben prompte es va adonar que Bertie seuria al seu costat. Tots estaven de bon humor, rient i parlant i brindant per la recuperació de Fred. Bertie parlava molt poc, però ara i adés George el sorprenia mirant rere la seua cadira.

–Crec que he vist alguna cosa –murmurava Bertie–, només un segon. Deu haver estat un efecte òptic.

Al final, George va replicar:

–I per què no ho pot veure ningú més?

–No hi havia ningú més mirant –va xiuxiuejar Bertie.

Mentre corria al voltant de la casa i del jardí amb Fred i Sabre, George era conscient que tot allò era un disbarat. Quan s'asseia al llu-

minós estudi de l'oncle Gib perquè els pintara, George era conscient que tot allò era un disbarat. De vegades passaven el dia fora, pescant o jugant als exploradors. Un disbarat, tot allò era un disbarat.

Fred tenia una bicicleta. Lady Lil va dur la vella de Bertie de la caseta on la guardaven.

–Ha de ser bona per a tu –va dir.

Dissortadament, mentre Fred ajudava George a practicar en el caminal, Bertie va aparéixer en un revolt. George va frenar per evitar atropellar-lo, i Bertie va agarrar el manillar.

–Es pot saber qui t'ha dit que podies muntar-la? –va preguntar amb la seua veu més calmada.

–Lady... ta mare. Només la tinc en préstec.

Bertie no podia discutir-li això, però va mirar per dalt del muscle esquerre de George i hi va fixar l'atenció.

–Jo en el teu cas no aniria voltant amb això –li va dir–. Recorda el que els ocorre als Bassett primogènits. No estàs sol, ja ho saps.

–No, estic amb Fred –va contestar George, però Bertie amb prou feines va esbossar un somriure.

Quan va tornar a muntar la bicicleta, George no podia parar de mirar enrere i tremolar sense control, per això la seua roda

posterior es va enganxar amb la davantera de Fred i els dos van acabar en terra. En aquell moment, Bertie ja havia desaparegut.

Més tard, quan estaven berenant en l'habitació dels jocs, perquè havia començat a ploure, George va preguntar:

–Bertie et conta històries sovint?

–Mentides? –va puntualitzar Fred.

A George el preocupava ofendre Fred criticant Bertie. George i Fred podien ser germans de sang, però Fred i Bertie eren germans de veritat. En el seu cas, George no sempre sentia una estima especial per Elsie, però s'hauria pegat amb qualsevol que insultara la germana, com en el cas de Robson.

–No, històries... històries de fantasmes.

–La veritat és que no –va contestar Fred–. Ell creu que aquest tipus de coses són les pitjors bajanades. De fet, mai llig històries, de cap mena. L'àvia ens enviava muntanyes de llibres: *L'Illa del Tresor, Segrestat, Els caçadors de goril·les...* tots de categoria. Mai els va fer ni una ullada. Els tinc tots encara. Te'ls puc deixar si vols –va assenyalar les prestatgeries de davall de la finestra–. És un idiota.

Idiota no era la paraula que George hauria utilitzat.

–I aleshores, què llig?

–Rotllos de la biblioteca del pare: història i ciència. Temes de classe.

L'oncle Gib els va poder convéncer perquè s'estigueren quiets el temps suficient fins que acabara el retrat. Al costat de la resta de quadres, s'hi assemblava, però era únic. Des de qualsevol angle de l'habitació podies veure de seguida que eren George i Fred. Si t'hi fixaves en la part de davall de la corba de la cella de George, s'hi podia veure la cicatriu que es va fer quan va caure sobre el poal del carbó el dia que va complir tres anys. Però si t'hi aproximaves molt no s'hi veia ni tan sols la cella entre aquells cavallons i solcs de pintura. Lady Lil estava encantada:

–L'hem de dur a emmarcar i el penjarem.

–Amb els baronets? –va preguntar George.

–Ni parlar-ne! –va exclamar Lady Lil, que de vegades s'oblidava que era una dama–. No voldràs que t'amaguem en el corredor amb totes aquelles relíquies, veritat? Només vam accedir a penjar-los per respecte a Sir Gervase, i els vam posar allà dalt per no veure'ls massa sovint. Tu i Fred estareu en el menjador, on tot el món us puga veure a tothora.

–No han estat en la família des de fa generacions...? Em referisc als retrats –va preguntar George.

–No en la nostra família –va respondre Lady Lil–. Van arribar juntament amb el títol. Gib tem que la gent puga pensar que els admira, ja que en realitat creu que són les pitjors pintures que ha vist mai. Aquest és el motiu pel qual les va pujar al corredor. Sembla una tradició familiar: cada baronet degué escollir el pitjor pintor que podia trobar, o el més barat. Per exemple, siga qui siga qui va pintar el primer... com es diu?, Sir Andrew, era un timador garrepa. Aquell ni tan sols va utilitzar un llenç nou. Si li poses una llum determinada, pots veure el contorn d'una altra persona per darrere seu.

–I això ho sap Bertie? –va preguntar George sense acabar d'entendre-ho.

–Bertie? És clar que sí! Tots ho saben, això.

Capítol 8

Hi va haver tronada l'endemà. L'estudi estava poc il·luminat i el corredor era un túnel llarg i fosc, però Fred va engegar la llum elèctrica i així van poder practicar un poc el criquet, sota l'atenta mirada dels set baronets i les seues esposes. George podia veure, amb tota claredat, el contorn fantasmagòric de la figura que hi havia pintada davall del retrat de Sir Andrew. A veure si Bertie s'atreveix a inten-

tar-ho de nou, va pensar, i aleshores va fer un salt. Una ombra pujava per les escales.

Era Bertie. Es va mostrar altiu i va anar directe a la seua habitació. George no li va llevar els ulls de damunt. La llum estava encesa en el corredor, però no en el saló de baix. Així doncs, com podia haver vist l'ombra de Bertie abans de veure'l en persona?

A l'hora de sopar, ell i Fred van ser els primers a taula. George es va asseure i anava a demanar-li a Fred que s'asseguera al seu costat, però Fred ja s'havia situat davant d'ell. Tot i que en Hern House se sentia com en sa casa, George no es trobava amb cor de dir-li a la gent on s'havia de seure, ni tan sols a Fred. Al seu amic no li hauria importat, però potser Lady Lil s'hauria ofés. Hauria d'estar al costat de Bertie una altra vegada.

La resta de la família va arribar, i George va notar com Bertie l'espentava sense motius quan anava a asseure's. Va mirar al seu voltant, amb el desig que el deixara en pau, però la cadira de Bertie estava buida. En aquell precís instant, Bertie l'espentà i es va asseure. George el va mirar bocabadat. Què havia estat allò que un momentet abans...?

–No tractes d'enganyar-me, jove Bassett –va dir Bertie sense ni tan sols mirar-lo.

–Enganyar-te?

–Buscant ombres rere la meua cadira. No colarà, jove Bassett.

No hi havia res darrere de la cadira de Bertie, però l'aire semblava més espés al seu voltant. George va recordar la fotografia que Lady Lil els havia fet al final de la primera visita, aquell contorn estrany al costat de Bertie. Si George el mirava de reüll, li semblava que ara també l'envoltava una línia fosca. Potser era un efecte òptic.

En acabat de sopar, Bertie va ser el primer a alçar-se de taula. Quan va desaparéixer per la porta, George estava pràcticament segur que alguna cosa se n'havia anat amb ell. Com és que ningú més se n'adonava? Però Bertie ja li havia anticipat la resposta: no hi havia ningú més mirant.

El matí següent, George se les va apanyar per ferse trobadís amb l'oncle Gib, i per això res millor que entrar al seu estudi.

–Oncle, puc fer-te una pregunta?

–És clar que pots! Acompanya'm mentre munte tot açò.

George es va asseure en un tamboret per mirar mentre l'oncle Gib es posava la brusa i seleccionava alguns tubs de pintura i els refregava sobre la paleta. Va posar un llenç mig acabat sobre el cavallet.

–Què vas a pintar hui?

–A l'honorable senyora Octavius Legge, que hauria d'arribar a les deu i mitja. Curiós nom... Què volies preguntar-me?

George havia estat assatjant. No li hauria agradat haver de mentir-li a l'oncle Gib, però era necessari.

–Un company de classe, un poc descarat, en realitat... va dir una cosa sobre... sobre una maledicció familiar.

–En la seua família?

–No, en la nostra. La maledicció dels primogènits.

–Què va dir sobre això? –L'oncle Gib es va fer un colpet a les dents amb la punta del pinzell.– Tot el que t'haja dit serà més del que sé jo mateix.

–Crec que havia llegit alguna cosa en un llibre... que el fill major mai viu el temps suficient per a heretar el títol... que tots els primogènits de la família moren joves.

–Com de joves? Jo sóc fill primogènit –va dir l'oncle Gib–. Si això és cert, la maledicció podria caure sobre mi en qualsevol moment, mentre pinte l'honorable senyora Legge.

–No sé a quina edat –va respondre George–. Bertie és el fill major? El primogènit?

–Jo no en conec més, i tu? Fred, si la memòria no em falla, és tres anys més jove.

–I no n'hi ha hagut mai... mai abans cap altre germà?

George odiava haver de dir això, perquè potser estava fent que l'oncle Gib, a qui estimava ben sincerament com un vertader oncle, recordara una antiga tragèdia que s'havia esforçat per oblidar.

–Crec que si haguérem tingut un altre fill ens n'hauríem adonat –va dir l'oncle Gib somrient–. Estic segur que la tia m'ho hauria comunicat. No, Bertie és el pròxim baronet. No em digues que estàs preocupat per ell, fava. Estalvia't la teua simpatia, has picat amb pedra. Mai es mostra simpàtic davant ningú. Bertie ha eixit als Milne, i tots eren soldats i pirates.

–Pirates! –va exclamar George–. Això els ho he de dir als amics de classe. Pirates en la família!

–Despietats i sanguinaris –va afegir l'oncle Gib–. Un d'ells va estar a les ordres de Sir Francis Drake, que era el més pirata de tots.

Quan eixia de l'estudi, George va entropessar amb una persona molt elegant que duia un barret tan gran com un para-sol i que li donava els guants i el xal a Lady Lil. George va reconéixer aquell barret, que havia vist al llenç que tenia l'oncle Gib al cavallet.

–Es pensa que sóc la serventa –va protestar Lady Lil, que havia entrat del jardí amb el davantal posat. Havia estat agafant flors.

–Però fixa't! Ella només té el títol d'honorable. Tu ets una vertadera dama –va dir George–. T'importaria si et diguera tia? No he conegut cap altra tia abans.

–Em sentiria afalagada, nebot meu –va respondre Lady Lil, i com que no hi havia ningú més mirant, li va fer un bes i ell li'l va retornar. Lady Lil es va tirar el xal de l'honorable senyora Octavius Legge per damunt dels muscles i se'n va anar de manera molt teatral pel corredor.

–Me'n vaig a l'òpera –va dir.

Una estona més tard, uns amics que venien de Windsor van preguntar si Bertie els acompanyaria a fer una excursió. Bertie va dir que hi aniria.

–Estar sempre cuidant de les criatures és la cosa més avorrida del món.

George va notar que el seu cor feia un salt d'alegria: uns dies sense Bertie!

Aquells amics es van quedar a berenar i van menjar al jardí, fent pícnic asseguts en unes catifes sobre la gespa. Quan George mirava cap on estaven ells, veia Bertie fent el mateix de sempre: fixant els ulls dalt dels muscles de George com si hi poguera veure alguna cosa.

Mira tot el que vulgues, va pensar George, ja no cola més. Una pedra dura, això és el que ets. I un embolicador. I un esnob. I un busca-raons. Potser no t'has pegat amb ningú, però així i tot ets un busca-raons i t'odie.

No, no l'odie, va pensar només un minut o dos més tard, i es va sentir molt més gran de colp. Em resultes indiferent. Per mi, pots quedar-te la teua estúpida ombra.

Després de berenar, Bertie va anar a recollir les seues coses i tota la família va eixir a acomi-

adar la visita. Era com si el sol brillara amb més intensitat, com si amb la partida de Bertie alguna altra cosa abandonara la casa, com si totes les baralles de Bertie i les mentides i aquells odiosos secrets s'hagueren ajuntat formant una foscor capaç de fondre's i de seguir-lo allà on anara.

Així que el carruatge va començar a rodar, Sabre va eixir disparat per damunt dels arbustos i els va perseguir pel caminal, amb la seua ombra fregant la gespa davall seu. Però George va veure el que al principi va pensar que era un altre gos, o una altra ombra: una cosa baixeta, fosca, boirosa i serpentejant a una banda del caminal, corrent al costat de Sabre.

En un revolt del camí, Sabre es va detenir i es va alçar sobre les potes de darrere, rodant i lladrant. Aquella cosa baixeta i fosca semblava que feia un salt i pujava al carruatge, però estaven a molta distància i George no podia estar-ne segur. No obstant això, abans hi havia tres persones dins del carruatge, i ara, d'això sí que no tenia cap dubte, n'hi havia quatre: Bertie i els seus amics i algú, alguna cosa, més.

«Pots quedar-te la teua estúpida ombra», havia pensat George, i ara resultava que Bertie se l'havia quedada de veritat.

Aleshores els cavalls van girar a l'esquerra i s'endinsaren en el camí. Sabre va tornar sol, només amb la seua pròpia ombra rere seu, movent la cua content.

–Sabeu què? –va dir l'oncle Gib–. Demà ens n'anirem tots a la costa per tal de passar-hi un parell de dies. Què et sembla si anem a Folkestone, Lily?

–De categoria –va contestar Lady Lil–. Els xiquets poden nadar, tu pots pintar i jo puc gandulejar davall del para-sol. Vés amb la bicicleta al poble i envia un telegrama per reservar habitacions.

–Bertie odia la platja –va dir Fred així que l'oncle Gib enfilava cap a la casa.

–No, Bertie no odia la platja –va intervenir sa mare–. Bertie odia la gent que va a la platja. Ell estarà molt millor presumint a Windsor. Vaig a fer les maletes. Ens n'anirem quan es faça de dia!

Fred va resseguir les marques que havien deixat les rodes en la gespa. Sabre voltava despreocupat perseguint papallones. George va obrir els braços i va alçar els ulls cap al cel. Mai l'havia vist tan blau, ni el sol tan brillant. Va sentir com si estiguera en un dels quadres de l'oncle Gib, tot ple d'aire i de llum, i sense cap ombra a la vista.

Llibres terrorífics per a perdre la por de llegir

L'hivernacle del terror
Jenny Nimmo
Dibuixos de David Roberts
ISBN: 978-84-9824-071-9
«El Micalet de Por», 1

Alguna cosa s'amaga al fons del jardí, i Daniel ho sap. L'hivernacle està ple de plantes estranyes i, tanmateix, el seu avi sembla misteriosament feliç quan està allà dins, alimentant-les amb pocions secretes. Però uns fets inquietants ho canvien tot. Primer desapareix l'àvia Green sense deixar rastre i, després, el gosset Stanley. Qui serà la pròxima víctima? Daniel està convençut que l'hivernacle està relacionat d'alguna manera amb les desaparicions. Però com podrà demostrar-ho si el terror no li permet entrar-hi?

Si vols passar més por...

Històries de por
Angela Sommer-Bodenburg
Dibuixos de Helga Spiess
ISBN: 978-84-7660-247-8
«El Micalet Galàctic», 49

El pobre Florià s'avorreix com una ostra des que fa uns dies una malaltia l'obliga a estar-se al llit. Per això els seus amics s'han confabulat per contar-li les històries que més li agraden: unes històries terrorífiques que et posaran els cabells de punta.

Si vols passar més por...

La mansió del terror
Jesús Cortés
Dibuixos de Francesc Hernàndez
ISBN: 978-84-7660-407-6
«El Micalet Galàctic», 61

El malefici de la mansió negra s'obri pas per a escampar la legió dels esperitats per tota la Terra. Fetilleria, sortilegis, morts vivents... Les hosts sobrenaturals ja han arribat. Poseu-vos a tremolar!